L'HISTORIEN
VILLAGEOIS,
OU
LA PROMENADE
DU
BOIS DE BOULOGNE.

M. DCC. XLIX.

PRÉFACE.

MESSIEURS,

PUISQUE c'est l'usage parmi ceux qui se mêlent d'écrire, d'insérer à la tête de leurs Ouvrages une espéce d'Harangue ; autrement appellée Préface ; je suis bien-aise de m'y conformer, & même plusieurs motifs m'y engagent : le premier, de suivre les régles ; & les autres ; afin de vous prévenir de la foiblesse que j'ai de penser vouloir vous amuser, vous, qui êtes nourris d'une parfaite érudition ; & moi dont la Rusticité est le partage : dans un pareil contraste ; quel parti dois-je prendre ? celui de la soumission est, selon moi, celui dont je dois faire choix ; pour mériter l'honneur de votre suffrage ; & pouvoir obtenir de vous, ce qu'un Auteur bon ou mauvais doit

toujours defirer : Avec de tels fénti-
mens, je me flatte que vous voudrez
bien faire grace à ma plume, & me per-
mettre de me fervir de mon patois :
J'ai l'honneur d'être Vôtre, &c.

D. S. S.

L'HISTORIEN
VILLAGEOIS.

Uoique je ne foyons qu'un Payfan, & que je n'ayons pas fait notre
fixiéme comme maintes biaux Efprits qui regardons nos Chaumie-
res comme les terriers de l'ignorance, je voulons leurs faire connoître aujourd'hui que
les meilleurs Terres font à la Campagne,
& qu'elles n'ont pas befoin de terreau pour
rapporter, & qui bian plus tout eft naturel
cheu nous, car fi notre femme étoit là elle
vous le diroit, mais ce n'eft pas çà que je voulons dire ; j'avons quelque chofe de plus
curieux à vous compter, & le tout avec votre parmiffion : Je vous dirons donc que
comme Citoyen de Boullogne , je fommes
à portée de voir les allées , les venues de
biaucoup de jeunes tendrons , qui font tous
les jours leurs galeries de notre agriable
Bois de Boullogne , que l'on pourroit bien
apler le jardin des miracles ou des Cocus,
n'eft-ce pas Monfieur B. . . . *Cocu toi-même.*
Ne parlons pas de çà ; dites-moi plutôt,
quel bon vent vous amene dans nos Can-

tons, *le plaisir de la promenade*. Bon, j'en sommes bien-aise, tout le monde se porte t-il
bian cheu vous, *pas mal*, encore passe ;
vous êtes donc le plus malade ? *Oui* : ça me
fait plaisir : *mais ou vas-tu ?* je vas travailler
& voir si en passant dans le Bois, je ne trou-
verai pas quelques nids de Coucous ? *Est-ce*
que tu en trouve quelquefois ? Assez souvent :
Tiens, cela, étant, voudrois-tu faire un mar-
ché nous deux tu t'en trouveras bian ? Volontiers, mais qu'est-il ? *C'est que si tu veux, ou*
que tu puisse me découvrir quelques intrigues
amoureuses, & qui ne soient pas communes, je
te satisferai bian : cela se peut faire aisément,
car je suis un bon Choupille ; en êtes-vous
pressé ? *Le plutôt que tu pourras, car il y a*
long-tems que je n'ai imprimé du badin ; cela
étant je m'en vas me dépêcher , adieu ,
bian des complimens cheu vous. A propos
est-ce que vous ne me donnez pas des aires ?
Combian veux-tu ? Tant que vous voudrez :
T'est d'une bonne pâte à ce qui me paroît : Vous
l'avez dis , car on n'en fait plus comme moi :
Tiens voilà vingt-quatre sols pour boire à ma
santé. Oh ! votre santé ne durera gueres , vas
toujours, tu seras content. Adieu donc. *Adieu.*
Je vous dirons donc pour suivre le fil de mon
discours , que traversant le Bois je trouvis
dans mon chemin un biau Cavalier qu'une
jolie Damoiselle tenoit par dessous le bras ;
en passant je les ôtis mon chapeau, toujours
les regardant les yeux en dessous , lorsque

je fommes été paffé, le Monfieu s'eft mis à crier, es parle donc mon ami (quel honneur pour moi de me voir ainfi aplé) *pourrois-tu nous dire l'heure qu'il eft ?* Je lui avons répondu, Monfieu, je ne pouvons pas vous le dire, car je fortons d'auprès notre femme, & je n'ons pas fongé à monter l'hourloge *Tu es donc marié,* m'a-t il dit ? Oui, & ma femme itout. *Eft-elle jolie ?* Je ne regardons pas tant à la biauté ; pourvû qu'elle ayt bonne appetit, & qu'elle foit bonne travailleufe, ula ce que je demandons au Seigneur, *Encore eft-elle auffi jolie que Mademoifelle ?* Oh ! c'eft pour vous mocquer de moi ce que vous en dites, il ne nous faut pas de fi balles Damoifelles, ça nous rendroit trop veule ; je ne pourrions pas nous lever : fur-tout moi, car, Diable m'emporte, fi j'avions eu pour femme un modele comme Mademoifelle je ne nous ferions pas rencontré fi matin ; mais à vûe de pays quelle heure penfe-tu qui foit ; mais il eft bien quatre heures, à quoi vois-tu ça, m'a-t'il encore dit ? c'eft que nous nous entendons avec le Soleil : *Adieu, mon ami, voilà pour boire à ma fanté ;* je n'ons pas fais l'honteux, je l'ons remercié de bon cœur & lui avons dis que j'allions faire l'office à fon intention, les voici partis & qui me perdent de vûe, mais pour moi, je ne les ons pas laiffé aller comme ça, j'ons proffité de la connoiffance que j'avions du bois pour les fuivre fans être vû. Après deux ou tras portées de

fufil de cheumin, ils fe font viautrés fur l'herbe fraîche , moi de mon cofté j'en ons fait
autant , afin d'accouter ce qu'ils dirions , &
voir s'ils ne parlerions pas de moi ; tout jufte
ils s'avons mis à dire que j'étions madré , &
puis à répéter que notre femme devoit être
contente, pis ils avons fuchoté quelques pa-
roles où il y avoit des foupirs , & je ne les
ons plus entendu; je refti tout fot, mais Guieu
merci, la parole leur arrivi bien plus qu'au-
paravant ; car le Monfieur difoit à la Damoifelle, ma chere Reine , je te jure une amitié
éternelle ; une conftance fans exemple , ja-
mais mortel n'aura la tendreffe que j'ai pour
toi , ton mary même : Tiens , tais-toi , a répondu la Demoifelle , tous les hommes font
des trompeurs , des perfides , ils font com-
plaifans pour un tems , encore qui n'eft pas
long : le Monfieu de fon côté , babilloit
morguié comme une pie borgne , il meri-
troit bian d'être Procureu Fiscal de notre
Village; car c'eft un biau difcoureu, le Maître d'Ecole qui lui a montré, n'y a pas volé
fon argent, j'en jure: enfin après avoir biaucoup parlementé , ils avons encore gardé le
filence, ce qui m'a rétonné , ça n'a pas duré
long-tems , car ils s'avons levés , en difant.
nous avons bien gagné à déjeuné , allons-
nous y en je le croyons bian ma foi, j'avons
dis ça en dedans de nous. Je l'aurions bian
dis tout haut, mais je voulions voir la piéce
enquiere, & j'avons auffi peur; car le Mon-

fieu avoit une épée, ils avons enfilé un fen-
quier qui les a conduit à la Croix qu'eſt le
milieu du bois; je les ons laiſſé paſſer toute
la place, j'avions cependant crainte de ne les
pas retrouver parce qu'ils prenions par les
petiotes routes, je les avons cependant ra-
trapés près la Muette, & je les ons laiſſé entrer dans Paſſy, enſuite j'avons doublé le pas,
pour voir où ils prenderions à déjeuné, ils
avons entré cheu un Pâtiſſier qu'eſt à droitte,
& cheu qui ont eſt bian pour ſon argent; moi
de mon coſté, j'en ons fait autant, j'ons entré un peu au-deſſous à un biau Bouchon où
j'ons demandé demi-ſequier dans la pinte.
J'avons décrouté ça de bon cœur, j'ons redemandé pour compter un pauvre petit miſé-
rable ; mon éco ſe montoit à ſept ſols & de-
mi. Comme je buvions le dernier varre, ils
avons venus à ſortir, & le Monſieu l'a conduit juſqu'à une petiote ruelle qui mene
aux Eaux Minérales, & pis il eſt revenu cheu
ſon Pâtiſſier, où j'ons appris qu'il demeuroit
toujours quand il venoit à Paſſy; ça fait un
gros richard m'as-t'on dit, c'eſt un ſous-Far-
mier, pour moi je ne ſommes pas ſou de l'ê-
tre, avons-je répondu, & je nous ſommes
en allé voir le Jardinier des Eaux Minérales
qu'eſt notre ami, où là j'avons découvert le
pot au noir, & le tout pour une chopine de
vin qui nous a bian été rembourſé ; c'étoit
la femme d'un riche Procureu, & niepce
d'un gros Marchand que notre Minagere

avoit fervit : elle prenoit les Eaux de Paffy
pour des meaux de tête pour nous je croyons
que s'étions plutôt pour des meaux de cœur,
car le Monfieu la ferroit de trop près ; je
nous fommes en allé trouver notre minagere à qui j'avons déguoifé notre aventure, ce
qu'il a beaucoup hahurit, vû qu'elle connoif-
foit la Damoifelle, & qu'elle ne la croyoit
pas fi oubligeante pour les hommes. Que
veux-tu, lui avons-je dis, il vaut mieux faire
ça que du mal, & je fommes fortis pour encore aller rauder dans le Bois où je n'y avons
trouvé parfonne : le lendemain j'ons été attendre notre Procureufe des le matin pour
nous trouver à fa rencontre ; au bout d'une
demie heure de faction je la voyons fortir,
je lui avons ôté notre chapiau, & j'avons
pris la libarté de lui demander, par hafard,
Madame, ne feriez-vous pas la niepce de
M..... Marchand dans la rue S. Honoré ?
Pourquoi ça m'a-t-elle dit, eft-ce que tu le
connois ? J'ons cet honneur là, y a même un
grand nombre de jours : D'où le connois-tu ?
C'eft que notre femme a été fervante cheu
lui pendant tras ans. Comment s'appelle ta
femme de fon nom de fille ? elle s'appelle Ge-
névieve Cruchot ; je la connois, dis-lui de
venir demain me voir fur les neuf heures,
& tiens voilà pour toi ; je l'ons remarcié
plus que le Monfieu, car un Ecu vaut mieux
que douze fols. J'ons pris congé d'elle, & je
nous fommes en allé à notre maifon répéter

à notre femme ces bonnes nouvelles là : oh,
oh ! s'eſt elle accrié , tu n'as pas de mal-
heur, vas tous les jours aux Bois : c'eſt ton
tour demain , car je ſommes chargé de te dire
de lui aller parler ſans faute , ſur-tout ſais-
lui bian des amiquiés , & elle te bailleras ſeu-
rement quelque choſe : Né t'embaraſſe pas ,
je ſçavions ce qu'il faut l'y dire. Né t'en re-
viens pas toujours les mains vuides, car tu
coucherois à la porte. Je n'avons qu'à faire
notre cas dedans, elles ſeront pleines, ce
n'eſt pas ça que je te demandons : Qu'eſt
que tu veux donc ? Je voulons que tu nous
apporte ce qui donne aujord'hui de l'eſprit :
Tu fais bian de dire ton goût, nous te fri-
caſſerons un greſt. Vas-t'en toujours ; laiſſe-
moi donc en repos, bon voyage notre femme : Ula enfin notre minagere partie, tati-
guié comme alle court, avons-je dis tout bas,
alle y arrivras biantôt ou le diable l'empor-
tra. Après deux ou tras heures de paſſées ,
je nous impatientons de tout notre cœur de
voir que parſonne n'arrivoit , je ne ſçavions
que penſer : J'aplons notre Comparre Jacques. Qu'es que vous voulez , Comparre ?
C'eſt pour vous prier d'avoir un peu l'œil à
notre maiſon , que j'allions voir un peu au-
devant de notre femme, alle eſt partie depis
neuf heures, alle ne revient pas. Allez , Comparre , allez ; nous ulà piétonner d'un riche
goût : ce n'étoit pas tant de notre minagere
que j'étions inquiéte que de ſçavoir ſi ſes po-

ches ne ferions pas parſées, quoique dans le
fond je l'aimions bian, je la découvrons vers
le milieu du Bois qui n'avoit pas la goutte ;
car ces biaux Meſſieus qui courons devant
les carroſſes ne l'aurions pas pû ſuivre ; alle
fut bientôt à moi, & moi à elle, & pis je
lui ons demandé pour commencer, t'as-t-
elle baillée queſque choſe : Va, va, je ne
coucherons pas à la porte, m'as-t'alle dit, je
vons aller coucher à l'oûberge : oh ! viant-
t'en avec moi tu ſeras contente, elle vouloit
comme ſe faire prier, mais je l'avons ſçu
amorcer, juſqu'à notre maiſon où elle m'a
montré un gros écu de ſix francs, Diable tu
ne les pond pas plus gros que ça, c'eſt à faire à toi. Enfin qu'eſt ce qu'alle t'as dit, t'as-
t'alle parlé de moi, me ſouhaitte-t'alle le
bon jour oui, pourquoi pas à un biau mar-
le comme toi ? Biau ou non, qu'avez-vous
diſcouru ? J'ons parlé de nos affaires, encore
alle m'a chargé de te dire de ne pas parler
d'elle à qui que ce ſoit, & qu'alle nous rendroit ſervice. Bon, bon, je l'ons penſé de
même ; c'eſt ça que je voulions ſçavoir, ne-
badine toujours pas, garde ta peſte de langue, pour manger des choux & du lard auſſi,
n'eſt-ce pas notre femme ? crois-moi, tians-
toi tranquile, va, va je n'ons pas envie d'aller dire à Monſieu ſon homme, Monſieu,
Madame votre femme rend ſarvice à d'autres. Queſquefois comme t'eſt bavarre,
quand t'as bû tu pourrois bian lâché queſque

chofe ; n'eft pas peure , j'aimons mieux voir
le fond de fa poche , que dire notre penfée.
Tu promeft bian, je te le tiendrons , ou que
le loup te croque. Va, va toujours piffant
le ventre te lafchera ; adieu donc , Madame
notre femme , je vons travailler à montrer
tout notre efprit; t'as raifon, car t'en as comme trente-fix Dindons, qui courens la pofte
fur des hannetons : Tu ne dis pas toujours ça,
fur-tout quand je difons ce que je voulons.
Faite donc comme ça & je t'écouterons ;
veux-tu donc bian t'en aller, chien de ba-
billard. Je m'en vas : car auffi-bien l'Imprimeu attend après moi; comme je fommes
homme d'honneu, & que je lui ons pro-
mis du biau & du bon, il faut que je me dé-
pefche. Où as-tu mis la clef de la grange?
Tiens, la voici : Que le mot de Grange,
Meffieus, ne vous étonne pas, les Efprits
demeuront par tout, car j'ons fouvent entendu dire à notre grande mere qu'il en re-
venoit dans notre Écurie, le mien peut donc
bian loger dans la grange, où font tous mes
uftanciles qui me farvons à compofer. De
plus c'eft que je demeurons au rez de chauf-
fée, & j'ons tout de plein pied jufqu'à l'ap-
partement de notre couchon qui y eft auffi.
En un mot tous les lieux font bons pour
travailler, quand on a de la carvelle & de
la bonne volonté : comme j'ons Guieu mar-
cy tout cela , ula pourquoi je fommes content, & que je vons vous finir mon Hiftoire.

Je vous dirons donc pour continuer que je
ne penfions pas que notre curiofité nous fe-
roit fi favourable, je penfions pluftoft à nous
divartir, mais le bon hazard qui veille aux
malheureux nous a envoyé cette aubeine &
grace à Monfieu le Procureu, oh l'honnefte
homme ! il ne plumera plus la poule fans que
j'ayons quelques-unes de fes plumes. Comme j'étions à arranger nos penfées, je voyons
entrer un Payfan qui me crie dans les oreil-
les, ne vous aplez-vous pas un tel? Oui ;
ques-ce qui a? C'eft un biau Monfieu qu'eft à
Paffy qui voudroit vous parler, & qui m'a
dit comme ça que je vous amenions : Pou-
vez vous attendre que j'ayons mis une chemife blanche, & que j'ayons blanchi nos
cheveux ? Oui. J'ons pris une chemife fur
les parches, & de la farine dans notre hu-
che, & j'ons bientoft été preft, pis j'ons
aplé note minagere qui étoit au jardin, tians
dis donc, prend un peu garde à notre maifon, car je vons à Paffy voir ce gros Monfieu, va, mais ne t'amufe pas ; j'y ferons
ce qu'il faudra : nous ula à faire courir notre Envoyé qui ne pouvoit pas me fuivre,
Diable, comme vous arpentez, ce n'eft rian
ça, quand j'ons hos bottes de fept lieuës
que j'ons achepté du petit Pouffet, je vons
plus vîte que les cerfs. Je fommes arrivés
chez le Monfieu où étoit la Dame ; mets-
toi là, m'a dit le Monfieu, & tiens, bois un
coup, deux fi vous voulez, s'a dit mon ca-

marade. Pis le Monſieu , s'eſt pris à me
dire : « je t'ai envoyé chercher pour te re-
» commander expreſſément de ne point ba-
» biller à qui que ce ſoit denous, entend-tu?
Oui, Monſieu , je ne ſommes pas ſourd;
pourquoi ne répond-tu pas? c'eſt que ça ne
nous eſt pas venu en idée. « Ecoute encore,
» quand je ſerais à Paris, tu n'as qu'à me ve-
» nir voir, je demeure à . . . . . J'aürons cet
honneur-là, ſur-tout ſonge à ce que je te dis?
Oui, Monſieu, car, quoique Payſan, j'ons
le cœur auſſi noble que le Roy , & notre
parole vaut du parchemin : je le crois, mon
ami , je le crois , tiens , bois ; je voulions
comme nous faire prier , mais ça n'a pas
duré , attendu que j'avions beſoin de prendre des forces , pour nous en retourner auprès de notre femme. Après avoir bian bû
& bian baffré , j'ons pris congé du Monſieu & de la Dame , qui m'avons encore
baillé ſix bons francs; c'eſt toujours autant
avons-je marmoutté entre nos dents , c'eſt
un à compte ſur nos idées, & je ſommes par-
tis guai comme pinçon ; de retour à notre
maiſon j'ons répété à Généviéve, ce qui
m'avions barbouillé : izons raiſon, m'a-t'alle
dit, il faut te taire, il faut entarré ça. Tu
raiſonne juſte , je n'en voulons plus parler ;
mais cependant comment nous arranger avec
l'Imprimeu, t'en ſçais tant d'autres : Tians
te ſouviens-tu de ce garçon, Taileur avec
cette petiote Couturiere , qui fut obligé de

laiſſer ſa veſte en gage pour payer l'éco qui
ſe monroit à quatre livres cinq ſols ; ah !
je m'en reſouviens bian, ula maquiére à ta-
lonner notre carveau : mais le tout, c'eſt de
nous en bian acquitter, afin qu'on ne diſe
pas que je ſommes un diſeur de rien, un ra-
porteur de menſonge. Voyons comme je
nous y prendrons ; je comptons cependant
qu'on nous croira, quand je dirons qu'étant
à boire chopine cheu le Garde qu'eſt à la
porte de Paſſy, que j'ons vû arriver un jeu-
ne homme aſſez bian couvert avec une Damoiſelle dont la philoſomie avoit l'air réveil-
lée , & qui nous plaiſoit infiniment, très-
fort , beaucoup ; car j'aurions quitté de bon
cœur notre chopine, pour aller promener
dans le bois avec la Damoiſelle ; mais tati-
guié il n'y avoit pas moyen , car alle étoit
gardée à vûe par ſon amoureux : ils avons
fait venir de quoi faire la torche, le vin
y étoit en abondance , ils avons auſſi demandé du deſſert. En un mot, ils ſavons bien
régalés, car le Monſieur a jetté douze francs
ſur table, on ne lui a rendu que trois livres,
ils ſe ſont enſuite allés promenés aux Bois ;
ils en avions beſoin, ſur tout la Damoiſelle,
car elle faiſoit un peu comme je ſaiſons quelquefois quand je ſommes ſou , pour mieux
dire les jambes l'y tremblions : j'avions comme envie de les ſuivre, pour voir ce qu'ils
ferions ; mais je nous ſommes raviſé , parce
que j'avons penſé qu'ils n'allions pas aux Bois
pour

pour enfiler des parles. J'ons continué à nous
rougir la trogne avec un de nos coufins
qu'eft venu à entrer comme y fortions ; j'ons
paffé une partie de la journée à bian rire , &
pis je nous fommes mis en devoir de nous en
aller chacun cheu nous ; mais cheumin faifant
la pepie nous a prit , je fommes rentrés cheu
un de nos comparre que j'aplons Jacques ,
& qu'a du petit vin qu'emplit la bouche :
j'ons demandé pinte , a peine avions-nous
bu un coup que voici que nos deux Galands
qui entrons , comme fi je nous étions donné
le mot du guet , & qui avions les yeux bian
clairs. Ils avons fait venir à goutté , après
avoir empli leurs panees, ils avons demandé
à compter, volontiers a dit le Comparre Jacques, votre éco.fe monte à quatre livres cinq
fols : quand s'éft venu pour payer , les gouf-
fets du Monfieu étions paffés , les poches
de la Damoifelle étions légeres ; pour mieux
parler ils n'avions pas de ce qui donne aujour-
d'hui de l'efprit & du marite. Notre pauvre
Amant étoit bian ébobi , la Damoifelle de
fon côté ne l'étoit guères moins, vû qu'alle fe
doutoit bien de l'inquiétude de fon Amant ,
& qu'alle fçavoit bian n'avoir pas de quoi
répondre à Maître Jacques ; après s'être bian
regardés l'un & l'autre, l'Amant s'eft levé en
difant à la Damoifelle , ne vous impatientez
pas , je m'en vais revenir, c'eft que mon argent eft forti de mon gouffet , & je ne pof-
fede plus un liard, je ne tarderai pas. Vla no-

B

tre amant parti & qu'eſt près d'une heure
ſans revenir. Il arrive enfin, mais les mains
vuides, quel chagrin pour nos deux Amans.
Maître Jacques de ſon côté voyoit bian de
quoi il retournoit, il ne vouloit pas en être le
Dindon : car la ſemaine d'avant, un biau
Monſieu avec une épée, & une belle Damoiſelle avec un domino noir, lui avions em-
porté pour ſept francs de ſoullerie, il ſe tenoit ſur ſes gardes, il falloit cependant que
nos deux Amans s'en allions, car la nuit venoit
à grands pas, après avoir bian réfléchis, l'A-
mant s'eſt mis à dire à Maître Jacques, Monſieur le Maître, je voudrois bien vous dire un
mot en particulier ? Oui da, Monſieur, avec
plaiſir, je vous dirai, qu'après avoir dîné à
la porte de Paſſy, nous ſommes été nous
promener dans le Bois, où nous nous ſommes aſſis un quart d'heure ſur l'herbe, il faut
croire que mon argent a ſorti de ma poche,
& je ne poſſede plus un liard ; j'avois cependant encore plus de dix écus ; c'eſt fâcheux,
a reprit notre Comparre, mais je n'y ſçau-
rois que faire, vouderiez vous, a continué
le Monſieur, prendre ma veſte en gage, je
la viendrai chercher d'aujourd'hui en huit,
parce qu'il me faut travailler pendant toute
la ſemaine : Monſieur a donc un méquier,
a repris le Comparre ? Oui, Monſieur, à
votre ſervice. Eſt-il bon, & quelle profeſſion ?
Je ſuis Tailleur ; vrayement il n'eſt pas mauvais, on ne vas pas tout nud avec ce méquier-

là ; adieu ; Monfieur, à Dimanche ; oui, Monfieur, mais n'y manquez pas : les vla par-tis, fitôt qu'ils ont été un peu loing, le Comparre nous a montré la vefte qui étoit d'écarlatte rouge & à boutonnieres d'or, elle étoit bian propre ; quand le Comparre ne nous auroit pas dit qu'il étoit Tailleur, je l'aurions bien vû, car les manches & les der-rieres n'étions que de morceaux de différen-tes efcarlattes rouges. Je nous fommes mis à habiller notre Tailleur comme il habille les autres, mais à cette différence près que je le faifions fans argent, & que nos rognures n'é-tions que des coups de langue. il nous avons prit comme un mord de confcience, car j'a-vons dis au Comparre que ce que nous en difions que c'étoit pour badiner qu'il pou-voit être honnefte homme, quoiqu'il n'y en eût guéres dans cette proffeffions-là. De plus qu'il ne mentoit pas pour fon argent, que je lui avions effectivement vû une poignée d'écus à la porte de Paffy ; c'eft bon à fça-voir, nous a répondu le Comparre, avoir eû & n'avoir plus, c'eft bien deux. Pis il s'eft pris encore à nous dire, ne vaudroit-il pas mieux que notre pauvre Tailleur eût gob-bé un millier de preunes que d'avoir été traî-ner fes culottes fur l'herbe, fur-tout fur celles de notre botre Bois de Boullogne, qui a la vertu de pomper l'argent & d'attirer les cœurs. Après avoir répondu à notre Com-parre qu'il avoit raifon, j'ons pris congé de

B ij

lui, & je nous sommes en allés chacun cheu
nous jusqu'au lendemain cinq heures du matin que j'ons été faire une tournée dans le
Bois, pour voir s'il ne se préfenteroit pas à
nos yeux quelques objets amoureux & dignes
d'être mis en paralelle avec notre pauvre
Tailleur, à qui je fouhaittons que les coups
de cizeaux foient favorables jufqu'à dédo-
magement du nuaffrage qu'il a fait dans l'Ifle
de Chytere, Ifle où je croyons encore aper-
cevoir quelque chofe ; tout jufte ; je nous
fommes pas trompé: c'eft un caroffe ; mais le
tout eft de fçavoir, fi c'eft marchandife mélée :
j'ons donc attendu à la porte de Boullogne
par où il devoit paffer, pour voir s'il vouloit
pouffer plus loin ; mais non il s'eft arrêté à
la porte, & a fait defcéndre fon monde, qui
étoit un Monfieu & une Damoifelle, qui
avons entrés cheu le Suiffe, c'étoient des gens
de haut ftil ; car le Monfieu avoit un habit
enchafé de galons d'argent, & la Damoifelle
une belle robbe. couleur d'une cerife ; en un
mot, ils étions tous deux, pour ne pas men-
tir, mieux mis que notre femme & moi. Ils
avons commandé à dîné, & s'en font, en at-
tendant, allés promener aux Bois pour gagner de l'appetit ; moi de mon côté, j'ai joué
aux quilles, avec un de mes Camarades, pour
en gagner auffi. quoique, Dieu marci, je n'en
manquons pas. Comme j'étions à nous rafraîchir cheu le Suiffe ils avons enfin arrivés pour
dîner ; au bout d'un long tems qu'ils étions

à table , voici un Garde de nos amis qui s'en
vient à nous , & qui nous dit , il faut que je
vous faffe rire. Voyons quelque c'eft , eft-ce
quelques aventures chaleureufes ? Tu l'as
déviné, même une bien jolie, a-t il répliqué,
& qui méritroit d'être couché par écrit. Bon
vla ce que je te demandons ; mais il faut que
tu paye bouteille pour ça , m'a-t'il dit ; volontiers , auffi dépêche toi : je fommes entrés
où étions nos amoureux , c'eft-à-dire , dans
un petiot falon à côté d'eux, où là il s'eft mis
à nous compter, que comme il venoit de
tirer fur un lapin qu'il avoit apperçu dans un
tailli , un biau Monfieu & une Damoifelle
dont les yeux lui avions parus tout fans def-
fus deffous & le Monfieu comment les
avoit-il ? T'en veux fçavoir plus que moi,
m'a-t'il répondu , car je ne voyois que fon
dos : Ne te fâche pas , j'en fçavons affez ,
quoique cependant pourrois-tu encore nous
dire , fi c'eft ton coup de fufil qu'a fait chan-
ger les yeux de la Damoifelle ou bien l'air
qu'elle refpiroit , fans doute à fon aife. Vas
l'y mander on ne peut donc pas te parler :
Si j'avions fçu ça, je ne t'aurions payé que
chopine , buvons toujours , il n'y en a plus,
tians, tirons au doigt mouillé à qui payera
pinte ? Je ne tirons au doigt mouillé qu'avec
les Dames , ne t'embaraffe pas , tire toujours.
Camarade, apportez pinte. s'eft-il mis à crier,
parce que j'avions le doigt mouillé. J'ons bû
un coup chacun , & je nous fommes remis à

jouer aux quilles. J'allions nous rafraîchir
l'alluette de tems en tems. Comme j'étions
prêts à sortir, il est venu à entrer deux Ca-
valiers, j'ons redemandé chopine, parce
que je voulions les entendre parlimenter sur-
tout moi, car il y alloit très-fort de mon in-
térêt; ce sont des gens de pleumes avons-je
dis, puisqu'ils parlons d'affaires. Comme
je disions ça nos deux Galands sont venus à
sortir, & un de ces deux Monsieus a salué
la Damoiselle en passant, & pis après l'un
s'est mis à dire à l'autre, connois-tu cette
Damoiselle-là? non a dit l'autre. Quoi!
tu ne connois pas la fille de boutique de
Mlle.... Marchande Lingere dans la Salle
qui conduit à la Galerie des Prisonniers,
tu la dois voir tous les jours en allant au
Palais? Cela se peut; mais je n'y prends
pas garde, ou je ne la reméts donc pas par
son grand ajustement; mais à quel jeu joue-
t'elle pour le porter si beau? Tu ne vois
donc pas, a répondu l'autre, que le Picquet
est son jeu favori, qu'elle sçait bien écarter,
qu'elle a toujours quinte & quatorze, & le
point bon, je t'entends sans doute avec ce
Monsieur qu'est avec elle, tu es sorcier à
ce qui me paroît, tu devine ce que tu vois.
Oh que tu es badin, dis moi aussi, sçais-tu
quel est le Monsieur, pour être si superbe-
ment décoré? on dit qu'il est l'Ecuyer de
M. le Duc de * * *; c'est une bonne place,
je n'en suis pas étonné: ils avons racheyé leur

vin & s'en font en allez ; pour nous j'avons
continué de caufer avec Bacchus , jufqu'à ce
que nos deux Amans foient embarqués , ils
avons été obligés d'aller faire encore un tour
de promenade , parce que leur Coché étoit
à fon tour, allé aux Bois avec un divin trognon
dont il avoit achepté la connoiffance la piece
de vingt-quatre fols , dans un Cabaret où
l'on danfoit à l'entrée de Boullogne , ils
étions morguié bian en colere , car ils s'im-
patientions d'arriver. Voici enfin leur Ma-
quignon d'amour qui paroît fur l'horifon ;
les chevaux n'avions pas encore mangé l'a-
voine, il fallut la leur faire manger, lui pendant ce tems eut recours à Bacchus pour retrouver fes forces qu'il avoit perdu dans le
bois , puis fe mit en devoir de partir & d'em-
baller dans fa Caiffe roulante nos deux A-
mans, qui aurions bien mis les voiles au vent
pour arriver plutôt , s'ils avions auffi-bian
été dans quelques bachaux fur la Riviere de
Seine ; mais il n'y avoit pas moyen , à moins
qu'ils n'ayons emprunté ceux de Venus &
Cupidon, qui ont le don de faire naviger,
tant fur terre que fur mer. Enfin pour vous
bian dire je ne les ons plus vû, & je nous
fommes en allés coucher auprès de nos fem-
mes qui nous ont bian reçus. Le lendemain
matin j'avions encore envie comme d'aller
encore chercher aventure ; mais notre femme
nous a dit qu'elle ne vouloit pas que j'y fuf-
fions davantage , que je pourrions tomber,

malade, & même devenir fou , parce que je
ne laiffions pas affez repofer notre efprit : oh!
la bonne femme lui avons je dis , j'avons
envie de la mettre dans du coton , ne te
mocque pas tant , de plus t'en dépenfe peut-
être plus que tu en auras : car tu n'as pas fait
de prix avec l'Imprimeu , fi tu fçavois fa gé-
nérofité tu pourrois lui en furter encore
quelques unes , tu raifonne jufte je t'aimons bian à caufe de ça : & je vons prier
Meffieurs les Lecteurs, de vouloir bian pour
aujourd'hui, fe contenter de ce que j'avons
fait , les affurans que l'année prochaine je
tâcherons de mieux faire , attendu que ce
n'eft qu'un échantillon des progrès que j'a-
vons fait dans les Rufes amoureufes.

F I N.